Rideau de verre

Claire
FERCAK

Rideau de verre

ROMAN

J'ai lu

« Dans son corps comme des pétales
De rose se ferment quand le jardin

Se fige et que les odeurs saignent
Des gorges douces et profondes
de la fleur de nuit.

Rien ne saurait toucher ni attrister la lune
Qui regarde sans broncher
depuis sa cagoule d'os.

Elle a l'habitude de ce genre de chose.
Et ses ténèbres craquent,
et ses ténèbres durent. »

« Le bord », Sylvia Plath,
in *Sylvia Plath : Un galop infatigable,*
Valérie Rouzeau.

S'échappent de sa bouche et ricochent sur la vitre de petits nuages de buée. Son regard est une contrée sinistrée, rougi d'avoir pleuré. Une terre calcinée, frappée de petites morts tissulaires. Au centre de la vitre, un poinçon.

Le front appuyé contre la fenêtre, les mains entortillées dans le dos, elle sifflote une triste mélodie. Ses souvenirs s'y querellent en silence. Je souffre *empreintes de doigts* d'une obstination de la mémoire *finement dessinées*. Se cachent sous la fatigue anesthésiée, des dépouilles en colère, des forces teigneuses qui font manquer le sommeil. Marques des jeux *strangulations* de mon enfance *légères et espacées*, punition paternelle. Le climat est brumeux.

Ce matin est terrible, le monde se déroule infiniment gris. Une matinée sans importance, ça n'ira pas mieux demain. Je ne bouge pas, reste cloîtrée, tapie au fond de ma tête. Rongé, l'os sphénoïde l'a remplie de cendres. La violence est inscrite dans la mémoire de l'espace. Du corps.

Au centre de la vitre, une salissure, un poinçon, comme une cataracte : le père.

De mes premières années, les images remontent, elles ne s'allègent, ne passent pas la rampe. Elles débordent. Je lui expliquais mes progrès d'écolière. Il ne répondait pas, alors je m'agitais, je rabâchais plus fort, grimaçais gentiment, soufflais sur son nez. Tu dis rien Papa t'écoutes pas tu t'en fous ? Il se retournait, me fixait. Oui.

C'est tuant les souvenirs, je dois encore faire peine, c'est gros comme une maison. Une maison qui sous mes yeux se noie.

Elle fait son possible pour ne pas oublier. J'essaie. C'était à l'orée d'un février furieux. J'allais naître onzième signe du zodiaque, ventée par le si rude Borée, un trente-huitième jour de l'année. Les constellations montaient successivement sur l'horizon, docteur me palpait déjà et diagnostiquait *c'est une fille*. Qu'est-ce qu'une petite fille diaphane au visage sévère et cheveux de jais enlevée à sa mère un soir dans l'hémisphère austral ? Les constellations montaient, j'ai une étoile noire tirée entre les deux yeux et une chauve-souris dans la poitrine descendue du pharynx inflammer le siège thoracique. C'est une jolie petite fille mais il faut vous prévenir qu'elle souffre d'une insuffisance coronarienne. Un nourrisson à angine. Un bébé verse-eau. Onzième signe du zodiaque, l'archange s'est replié, signe du mauvais sort. Dans sa sphère céleste, les journées sont pluvieuses.

L'après-midi, ils étaient sortis, pas loin, promener le chien. Elle aimait cueillir les spéculaires fanées. Dis, celles-ci, les violettes, on les appelle comment ? Des miroirs-de-Vénus, c'est bizarre et ça s'écrit comment un miroir de Vénus avec ou sans tiret ? Elle ignore à ce moment que sans relâche, elle en cherchera.

Arrivée à la fontaine, elle s'était assise en boule sur le bord pour observer Chiffon. Elle a la même allure que son père, celle qui lui causait chagrin quand elle lui jetait un œil furtif et téméraire. Leur ressemblance m'a toujours inquiétée.

J'ai sept ans. Chiffon est un drôle d'animal tibétain, dont le bout de la langue calé entre deux rangées de petites dents, se frayant un passage dans une toison blanche, pointe légèrement. Si elle avait pu choisir, elle ne l'aurait pas appelé ainsi, mais je suis l'enfant, je ne choisis pas. Chiffon m'attendrit, frotte son museau écrasé dans les herbes hautes avant de déambuler en sautillant gaiement. Quand quelqu'un siffle, il s'arrête net, l'observe, et penche sa tête sur un côté. Regarde son museau, on dirait qu'il fait la moue. Mais quand on est enfant, on ne prend pas la parole, même spontanément. Elle ne fait rien sans autorisation sous peine d'une volée de coups. Elle ne pleure ni ne se révolte, à force de corrections j'apprends et intègre sans bien comprendre : c'est comme ça, c'est comme ça et c'est tout. Si je n'obéis pas, mon papa se pendra. Il a dit que ce serait encore ma faute. Je ne dois pas oublier mais répéter douze fois : je n'ai que toi.

Je n'aime pas quand *c'est comme ça*. Malgré une sonorité généreuse, la rondeur du mot *comme* ne soustrait à ma vision ni la violence du sens ni son appartenance au contexte et le cadre m'étouffe. L'aspect plantureux ne peut pas lui suffire, un mot porte une histoire. De chaque occurrence il se repaît. Un mot est un discours, il s'adresse.

Chargée d'aucune fonction, je n'emprunte pas, je broie. Je ne copie pas, j'absorbe. Elle est une histoire, désagréable et sèche dont je porte la coulpe. Altérée mais bavarde de sentiments immondes. Papa, ne vois-tu pas… ? Je suis l'intériorisation de notre rencontre même si elle est ratée, même si catastrophique, résultat d'une situation de contact radioactive. Résultat d'une collision, comme tout espace psychique. Je suis une mémoire, recousue, éreintée. Déchets de mon métabolisme, tes gènes froissés gangrènent ma croissance. Ils la ligotent, parfois je ne peux plus respirer, ses tissus se resserrent, je vis courbaturée.

Effets neurologiques. Ma douzième année pressée comme une orange, pressée par une angoisse gesticulant grotesque. Je progresse, maintenant mes tics font tocs font de mon corps une marionnette font. Ainsi font.

Regarde son museau, on dirait qu'il fait la moue. Ses yeux s'étaient immédiatement arrondis, effrayés de culpabilité, tandis qu'elle pinçait ses lèvres pour rendre nuls ses mots maladroits. J'ai dix ans. Papa ne s'est pas mis en colère tout de suite, il a fini de nouer ses lacets, puis a toussé en se relevant avant de s'approcher d'elle calmement. Elle baissait la tête et devenait plus petite, comme pour s'excuser. Il avançait, bras ballants et poings serrés, en claudiquant, la jambe droite se soulevait lentement en survolant un tapis de solitaires blanches, tandis que la gauche traînait dans la boue, emportant une colonne de fourmis jaunes dans sa progression difficile.

La tête enfoncée sous l'eau par la pression de larges mains gercées, la fillette poussait des clapotis irréguliers, sous lesquels le plancton vert ripait. J'ai quatorze ans. Sa respiration essayait de s'adapter aux mouvements des ondes produites par les jets d'eau. Appuyant sur son cou, il lui disait en riant que son visage se teinterait de violacé et finirait par se déformer. Du sang bleu commençait à envahir son cervelet.

Au moins si je mourais, définitivement le cauchemar du père serait terminé.

Elle s'était réveillée cotonneuse dans un lit étranger, incapable de dire ce qui était arrivé ni pourquoi. Quand on lui demandait si c'était la première fois, elle infirmait d'un timide hochement de tête. On lui expliquait que quelqu'un l'avait sortie du liquide, qu'elle était évanouie mais elle ne voulait pas y croire.

Elle se souvenait avoir crié Ils enlèvent papa pendant qu'il se débattait hurlant. C'est ma fille foutez le camp c'est un jeu laissez-nous.

Elle ne l'a plus revu ensuite.

Elle a commencé à bâtir un refuge transparent et solide que personne ne saurait attaquer, une maison de verre qui lui permettait d'épier toute atteinte extérieure. Une maison fortifiée par isolants phoniques *souvenirs-couvercles* et laine de verre. Écrans pour empêcher que ne se projette une image qui pourrait en déborder le cadre. L'image d'une prairie carrée à l'herbe drue, un peu en pente, aux lys noirs.

Les taupes ne creusent plus sous terre depuis qu'elles ont perdu l'odorat. Elles ont été asphyxiées, coincées dans leurs propres galeries. Leurs museaux ont cessé de s'allonger en boutoir, leurs petits yeux se sont vidés, et leurs ongles tranchants ont été limés jusqu'à entailler les articulations de leurs mains fouisseuses. Les fontaines sont muettes, leurs abajoues sont gonflées, engorgées de pissenlits. Papa et moi sommes morts ici.

Elle a eu d'autres passe-temps *impulsions obsédantes*, des historiettes qu'elle inventait en continu, des livres pour apprendre à parler. J'ai treize ans. Je lis beaucoup *exagération de l'automatisme* depuis que les écoles *tendance à chercher querelle* refusent *stéréotypie psychique* les malades mentaux. Elle voulait s'exprimer, au conditionnel, comme les petites filles mais *qu'est-ce qu'une petite fille ?*

On ferait comme si cela n'était qu'un mauvais rêve. Ce serait un rêve de papier. Mais elle commençait à se souvenir. J'ai sept ans. Maintenant, l'accès salle de bains lui est interdit, une petite bassine ocre est déposée pour elle dans le couloir. J'ai froid, mal au ventre et la gorge qui brûle. On ferait semblant, ce ne serait qu'un mauvais rêve. J'ai mal à la gorge. T'entends ? Il la fixe avec mépris et tourne les talons. Un fond d'eau à température ambiante est bien suffisant pour qui n'a plus droit de sortie. Un rêve de papier. C'est pour ça qu'elle manque souvent l'école, il faut l'excuser. Après moult pérégrinations nocturnes, elle a l'humeur émétique d'un repos supplicié. Elle s'embourbe dans des contes dans lesquels rivalisent des personnages à noms de pas plus de trois syllabes. Un mauvais rêve pour se remémorer. J'ai quinze ans, ras le bol de l'hôpital. Ce matin c'est Zéro et Hop. Les dieux de Somnambulie l'ont sortie des sommeils sombres de Hélas. Morphée j'aime bien mais je le connais peu. Mieux vaut ne pas contredire cette douce petite, sous peine de saut-bascule-fenêtre.

Depuis qu'elle a le droit de quitter la chambre isolée et voguer à loisir dans les couloirs du bâtiment briqué rouge, elle s'attarde devant la fenêtre *l'expérience du miroir* donnant sur le parc des fous. L'infirmière la reprend souvent à ce sujet, il ne faut pas dire ça, un parc humain c'est nettement plus convenable, peut-être oui mais bien moins récréatif. Le soleil pointe à l'extérieur mais dedans il pleut des hallebardes.

Elle suit de l'index le trajet des gouttes qui s'échouent. Se reflètent sa pâleur et les frissons timides du plissement de ses yeux cependant que tout, emporté dans la lassitude de son regard, reste en suspens. C'est une journée d'hiver. J'ai quelques souvenirs mais ils sont ébréchés. L'enfance, la douce, lui en avait mis de côté. Certains se mettent à sautiller, lapinous insouciants écrasant dans leur course des maïas. Les lapins filent dans mon crâne. Ignorent-ils que le fond *encéphale putréfié* est une caverne de ronces dont ils ne pourront s'échapper que pelage calleux, chairs meurtries et joie au cœur anéantie ? Les journées sont pluvieuses.

Pluvieuse, j'ai cinq ans, je suis vêtue d'un manteau violet à capuche, mes amygdales ne portent pas d'écharpe. Au sommet d'une prétendue désinvolture, elle installe quelques soupçons d'effronterie quand de sa main gauche à revers elle efface un rouge vermeil de sa lèvre supérieure. J'ai vingt ans. Dans le miroir c'est à peu près la même, autrement dit, pas tout à fait. Ce n'est pas seulement pareil, c'est pire ; le violet a dégouliné et sa peau se fendille. Je ne me supporte pas *meurtrissures fétides*, engluée dans l'instant, impuissante, je cherche *kyrielle d'échappatoires* à fuir. La sortie n'est jamais un secours, plutôt un gouffre.

En grandissant, le gîte familier est devenu encombrant, hostile. Des plaques mauves informes démangeaient ses épaules. Si ma croissance échoue ou se perd amputée, c'est parce que ma moelle osseuse héberge les mauvais gènes dont il m'a faite héritière.

Claustrée dans la tanière, elle dit. D'un abandon je suis le fruit d'une banale tragédie à laquelle Hermione n'aurait pas survécu. *En cadence*. D'une voix dont le sol bouge comme mille cafards, le prurit s'installe sous peine de la hart. *Ou hors rime*. La peine la putréfie car je l'y autorise. Je ne dis ni non ni oui mais comment faire avec. Elle dit encore et encore, jamais personne n'entend.

Elle ne sait pas trop comment s'y prendre, de quel côté crier, sur quel ton, dans quelle langue. Non pas pour qu'on comprenne mais qu'une oreille s'y prête un peu. J'ai vingt-deux ans. Si quelqu'un disait pour moi, est-ce qu'on saisirait mieux ? Elle cherche. Pas la terminologie sociale, la rhétorique du discours, le lexique du commentaire, la syntaxe fielleuse de la critique, la facture respectueuse de l'essai. Non. Elle cherche une écriture. Elle court après l'idiome de la première enfance. Celui que la douleur a façonné, puis tétanisé parce qu'elle l'affronte sur son propre terrain.

Dans la grotte de cristal enfermée, une voix fluette *hé ho ho au secours hé ho* ne reconnaît pas son écho. Le ton n'est plus tout à fait le sien et sa position n'est pas simple. Mon cri est étouffé par leurs molécules. Elles frappent vraiment crasseuses. Si ma nature première doit être apprivoisée, c'est forcément d'être pathologique.

Elle est captive d'un corps souffrant. Elle ne trouve pas ce qu'elle attend, ce qu'elle cherche. Le revers visible de mon espace nominal, la clé pour délivrer, le lourd objet qui brise, pas même celui qui force un peu le verrou. Elle persiste à jouer, ne fait que mimer facilité et ardeur rapace de toute oralité. Elle cherche. J'ignore comment faire. N'y a-t-il donc aucun idiome vierge de ce qu'il a enfanté ? Elle ignore comment se débarrasser de sa nature mauvaise. Est-ce que c'est possible, changer ? Réinventer son horizon.

Gentil farfadet à bouille rieuse un peu dorée sur les joues mutines sais-tu quel est le plus court chemin pour sortir du labyrinthe ? Dans le jardin étrange rejoins les restes de moi prends mes mains serre bien fort franchissons ensemble les portes du soir. Avec elle, la langue n'est plus tout à fait la même, elle entre dans une obscurité turbulente et ne peut plus se confondre avec la mélodie d'une terre, d'une terre habitée. Elle remue sournoisement dans ses nuits pétrifiées chuchotant l'inaudible.

Elle dit des vers, les teste, expulse ces blattes vitreuses, mais le monde demeure. Le langage est plus nu. Et moi, prisonnière. Il y a une errance sur le chemin du temps depuis que ses nerfs se disputent un désastre. Pourquoi chercher la source d'où jaillira un désespoir dont je ne peux faire aucun usage ? Pourquoi chercher pour finir épuisée dans les bras étrillés de compensations synthétiques et contraignantes ?

Elle ne trouvera ni le fer ni la voix. Lui manque l'amulette. Le mot de passe vient avant, mais je parle trop bas, mes mots font des rebonds sur la vitre ternie et me reviennent striés. Elle sait où il lui faut chercher et c'est ce qui l'inquiète. Ça oui, je vous le confirme, c'est légèrement déprimant d'être enfermée dans son ego, sa mémoire et sa peau. Parfois son abattement se transforme en agacement drôle. Ça vous amuse docteur ? Dites.

Le cube de verre est son foyer, je vois mal à travers, c'est ma conscience du monde, elle est bien négative, fait de mon corps une marionnette. Car mon corps n'est pas coupé de mon obsession. Inconscient, histoire, ego. Mon ego m'expliquera-t-on plus tard est en bien mauvais état, *altération précoce de l'intellect enfantin*, il a volé en éclats.

Je me souviens, un matin sortant la tête du frigo, aidée tirée par les cheveux, elle a reculé, le yaourt a glissé giclant sur ses pieds. J'ai douze ans. Quelle idiote, tu ne te serviras plus, chiale maladroite. Le père pour la punir lui fait passer la nuit sous l'escalier, au moins tu ne te plaindras pas pour rien. J'ai baissé les yeux parce que c'était son ordre, et j'ai vu : mon cœur battait à terre. Elle s'est penchée pour le ramasser, il n'a pas voulu la laisser faire prétextant Tu es n'importe quoi. L'ego s'est désintégré. Le nid que j'avais préparé pour ce cœur, bouts de ficelle et fèves écossées, a fini poubelle. J'y ai balancé ongles arrachés, épiderme raclé d'eczéma, racines de cheveux noirs, bulbe d'œil de poupon. L'ego a explosé, j'ai cessé de parler. N'osant plus attirer l'attention, les regards, jugements, plaintes et colères. J'ai cessé de parler. À voix haute, s'entend. Je n'ai pas perdu les mots, mais la parole. Le son en sa présence. Incapable de propager dans l'air une vibration acoustique. Attardée, incapable, pas contrainte pas interdite. L'ego s'est écrasé, recroquevillé rugueux, rachitique dans son espace de vie.

Le médecin la met en garde Si vous prêtez aux origines *elles sont malsaines* une trop grande attention *peuplent mon organisme* elles finiront par *blanchir mes os* ronger votre système nerveux. J'ai vingt-quatre ans. Il est trop tard, je veux consentir à la douleur. Et la nommer.

L'accepter pour complice, abdiquer toute résistance, relâcher les défenses du *surmoi contextualisé*. Conter mais pas seulement pour soi. Dire fort Ça a l'air douillet c'est à s'y méprendre. Mais ce n'est pas la réalité. Cesser de nier que non seulement c'est possible mais en plus réel. Cette histoire de fille enfantée par un déluge aveugle n'est pas plus mythique que l'amour destructeur de Phèdre dont les mots ont dévoré, nourri et empoisonné le destin. C'est la réalité. Les héros se chargent de dissoudre dans le langage la tendresse aveuglante érigée sur l'immonde par les hommes. Même enjolivés d'enluminure moelleuse, enrobés de douceur caramel, les mots sont de la chair, la mienne est douloureuse. Certes dérisoires de ne pouvoir dire la nature des choses *elle se dérobe sans cesse* les mots *seuls rompent le silence, le reste s'est tu* sont sublimes d'être supérieurs à tout enfermement. Ils peuvent se combiner, se répéter, se modifier, se détruire sans fin, dans l'espace vierge que ma langue essaie de conquérir.

Ici.

C'est une journée d'averse, je dois chercher *unité d'action* dans ma mémoire, qui n'en finit pas. Je dois chercher en moi ; c'est ce qui m'inquiète.

La pluie torrentielle tombe sept jours *unité de temps*. Remonter jusqu'à son origine, sans bouée et sans armes, accepter le passif. Ne pas effleurer mais heurter le fond même du réel. Saisir jusqu'aux limites du tolérable l'exacerbation de la réalité. Le drame est en un acte mais le conte septennal. Garder les yeux ouverts et respirer très fort avant d'entrer en lutte avec son réel *unité de lieu* la violence est inscrite dans la mémoire du corps. Souffler et enfin.

Enfin en guérissant, s'autoriser et prendre un aspect une parole un espace que certaines espèces ne sont pas prêtes à vous donner. Elles ne mesurent pas à quel point chaque matin lui est pénible. Je suis craintive, cesse de trembler uniquement lorsqu'elle est seule. Lorsqu'on l'approche, son quotient respiratoire atteint le seuil morbide, ma peau rejette par tous ses pores la sueur de mes affects. Son bon sens se recroqueville, elle ne sait plus rien dire sauf Je suis si fragile. Nul traitement de faveur. Chacun doit être pris à partie dans la même incompréhension grossière ; les folles comme les autres. Elles ne mesurent pas à quel point chaque mouvement me demande effort immense. Chaque mot réajustement d'humeur afin que le son siffle hypocrisie, comédie politesse. Le soleil pointe à l'extérieur, dedans il pleut des hallebardes. Sa peau se couvre d'écailles imbriquées, je n'ai envie de rien, je suis désespérée. Sa carapace cornée se contracte, j'ai l'impression d'être en train de mourir. Tu es trop négative. Tu n'es jamais contente, tu es bien comme ton père.

Le gnome sournois persifle Tu es comme ton père. Ses doigts recourbés forment des crocs. Tu es ton père. Je suis bouleversée. Elle pense C'est très violent et bête mais je ne le dis pas. Elle ne peut plus parler. Il poursuit et lui jette Je suis un ami mais je n'aime pas les gens tristes, mets un terme à cette histoire. Il s'adresse à tous durcissant le ton quand il est énervé : à toi la folle, comme aux autres. C'est trop indélicat, je ne réponds pas. Je ne dis rien, je pars. L'agressivité, je ne peux plus la supporter. Installée sournoisement dans les mots, elle pénètre par le canal auditif, percute le cerveau déjà douloureux, s'installe en ma demeure.

Les trolls grouillants, n'oubliez pas dans la bataille, vous sont liés uniquement par l'ascendant qu'ils ont sur votre souffrance. Il vous faut les chasser avant même de commencer. Et compter jusqu'à sept.

Le premier jour *faisons le tour de la maison* le creux de l'oreille droite la chatouillait gaiement, mais c'était la gauche qui avait bourdonné. Une épaule appuyée contre la fenêtre, immobile dans le couloir aride, elle avait entendu *c'est toujours la même odeur* mais ce n'était pas sa voix. Elle avait entendu ce qu'il lui murmurait au creux de l'oreille gauche, quand elle s'appliquait baume contre plaies épidermiques. Ce qu'elle avait aimé sous le ciel gris de la matinée n'était pas seulement cet indice de reconnaissance mais ces mots, toujours dans la bouche de l'homme assis, et murmurés à son oreille. Elle est incapable de se souvenir quand c'était, quand c'était bien. Les bons moments ont été éludés ou elle ne les a pas compris. Peut-être, ou pas, peut-être que c'est mieux de supposer qu'on n'a jamais compris ou perçu l'instant de manière appropriée, que quelque chose a dû freiner l'immédiateté et juguler sa course. De se persuader que c'est pour cette raison seule que ses cris sonnent suspension.

Elle n'a pas longtemps été enfant, ce fut une maladie. Imaginez comment on se sent quand on habite un corps juvénile et qu'on ignore ce qu'est une petite fille. Essayez mais c'est peine perdue. Il faudrait un peu imaginer comment on se sent. Quand le premier langage, l'espace où se déployer se fait distant et se sustente des angoisses d'impossible. Quand toute vision d'un potentiel est détruite. L'impossible ne se pense pas. Pensez à autre chose jeune fille, vous dites n'importe quoi. Pourtant je suis nourrie d'une vision négative, d'un néant. Je suis une intuition de la mort, pas une circonstance ni un petit événement morbide. Un état. Une intuition de la mort considérée comme pouvant survenir à tout moment. Je n'attends pas, je sais. Je n'ai pas à l'attendre. Je ne cherche pas autour, non plus juste à côté, je sens, je sens avec. Il faut avancer, dans la mémoire, consolider l'histoire, avancer penchée à l'extrémité de la falaise, avancer est impossible, néanmoins je dois.

Elle a quatre ans, six ans. On lui a découvert une maladie vilaine, ce n'est pas inquiétant, on lui a promis que ça passerait. Ce n'est pas passé. Huit ans, c'est une poupée prodige, porcelaine, déjà atrabilaire, discrète mais audacieuse en récitations. Zoloft est son ami. Sur sa boîte brille un petit soleil plus jaune encore que ses cachets. Elle a des gestes, non, des mouvements affables et dansants.

Sur le bord des fontaines, à l'écart des blouses lactescentes et des pyjamas bleus, elle attend

Sylvia. Sylvia rencontrée quelques semaines après mon arrivée est ma meilleure amie. Nous passons des heures, collées, à regarder calmement le sol. Au goûter, je bois du lait, elle distribue des petits gâteaux aux plus jeunes, commence souvent par moi. Je n'arrive pas à savoir depuis combien de temps elle est ici, je me demande. J'y pense avant de m'endormir. Elle sort de sa poche à mouchoir un nénuphar cueilli près d'une plaine d'herbe verte. Elle me le donne. Sylvia est la seule *sur l'eau nous glissons* qui comprend à quel point *nos bras chétifs tiennent les rames* il m'est difficile de vivre *qu'ils peinent à saisir.*

Friction d'ongles sur le tableau. À la craie blanche j'écris. Il faut attendre. Ce matin sous la cloche. Il va venir. Au milieu des cyprès. Parler. Rocailleux, voix essoufflée. J'attends. Au son des cigales transparentes. Trous noirs à la place des yeux. Il va parler. Tu n'es pas une petite fille comme les autres. Tu n'es pas vraiment une petite fille. Je tombe en miettes. Le délabrement s'étend à toute la famille. Il dirait. Je suis innocent du sang de ce juste. Cependant, notre conditionnel est séquestré dans l'incertitude. Mais. Bientôt, mieux. Il l'a dit. À moi. Pourquoi il. Il me l'a dit. Promis. Mieux. En attendant, si on sautait. Dis-le encore, à force personne n'écoute. Gencives grattées au cristal. Si ça finissait par s'arrêter ? Il plante un camélia blanc devant notre maison. D'avoir trop attendu qu'on étanche sa soif, il est devenu sec. Les fleurs sont bizarres chez toi. Les clématites ne pousseront plus, leurs aigrettes roses sont tombées. Les fleurs sont noires, ce n'est pas rassurant. Peut-être mais j'aime bien cette couleur car le rouge s'est fixé à l'iris. Boursouflure sur la joue de papa. La toucher. Appuyer fort quand il dormira. Lui faire mal. Mon doigt sur la cloque a rebondi. Le cacher. L'enfoncer dans la suie. Je ne veux plus avoir d'empreinte digitale. Mais je n'ai pas osé. Pas osé planter dans son visage les épines conservées dans ma boîte à musique. Jamais je ne pourrai léser le visage. On ne peut s'en prendre à aucun visage sauf à le tuer. Boursouflure vilaine frottée à la roche ponce. Tu fais n'importe quoi. Pierre ponce, d'origine volcanique, pressée plus fort en mouvements circulaires. Arrête. Mais arrête.

Visage secoué, noyé, méprisé, brocardé, éprouvé. J'ai depuis pour toujours l'intuition de la mort. Papa va venir je le crains.

En attendant. Elle larmoie facilement quand j'entends Elle est douce cette petite mais son regard est étrange. Je réponds Quand même certains sont fins observateurs. Je m'applique à écrire douze fois le récit de chaque journée. Les nombres sont angoissants, compter tout haut n'empêche pas de trembler. J'évite la série treize *du schizophrène et de la petite fille*. Papa m'en a parlé, la petite fille c'est moi. Lui est le. La petite fille c'est moi. Je n'ai que des mots et presque pas d'objets. Bienheureuse de ce travail de récapitulation, elle court à la maison. Son tympan gauche entend Non. Pas douze fois. Elle le chatouille de l'auriculaire avant de s'ébrouer. Aujourd'hui tu dois faire des progrès, tu es forte ma douce. Prends tes cachets, le docteur a dit qu'ils apaiseraient ton *trouble obsessionnel*. Le père *la petite fille c'est moi* rit aux éclats. Deux le matin, un à midi et cinq le soir. Si tu ne guéris pas vite, je te chasserai de la maison, je ne le répéterai pas trois fois. Le rituel chiffré, même injecté de légère drôlerie ne m'amuse pas. Je te chasserai de la maison. Tu ne peux pas, la maison toi & moi est l'addition de présences substituables, de blessures invisibles. Elle dit tu, elle dit il, elle dit vous, elle dit papa mon tout mon fils mon grand frère. Je n'ai que toi. La maison lui & moi est une somme d'individualités fantômes.

Elle est cyclothymique, sombre tôt le matin, de faibles lueurs fraient un chemin à l'étage jusqu'à la chambre violemment éclairée par deux hautes lampes halogènes. Quand la petite se lève, elle devine aux volets clos que l'humeur est mauvaise, le père a le visage fermé et menaçant. Nous n'aurons aucun Noël cette année. Elle cherche dans les manuels scolaires quel alien féroce a pris possession de son papa. Elle hésite, pointe du doigt le diable à cornes grisâtre partie droite de la face brûlée sans bouche poings serrés regard impitoyable. Le bout de sa queue est une pointe tranchante, dans sa main droite se glisse une fourche vert pomme à trois dents. Parfois elle était plus tranquille, il devait hiberner ce vilain croque-mitaine, je supposais, parce que le père était gentil à l'excès, vraiment c'est pas normal. Il l'emmenait se promener, lui trouvait un prénom, pas Winnie s'il te plaît, la laissait même choisir Mina ça fait plus grande personne mais Salomé je préfère, une maman pour embellir sa fille le choisirait. Il s'aventurait à lui poser brièvement une main bienveillante dans le dos. S'étant assurée de l'absence d'un escadron de coccinelles chatouillantes à élytres sanguins, elle se tournait vers lui, étonnée J'avais une bête dans le dos ? Puis s'enfuyait en courant, butant sur le mot répété, accolade, accolade. *Qu'est-ce qu'une accolade ?*

Le deuxième jour *la maison prend l'eau* elle est nerveuse, le monde sous ses crises s'évanouit. Sous les remontrances, se plaint rabâchant La maison de poupée s'est noyée sous le torrent de mes pleurs. Mais j'ai mis à l'abri ces petites choses. Dans écrin, sous carapace ventrale, derrière remparts, que des menus détails. Camouflés par des plaies irrégulières, des bribes de dispute nos photos de famille et mes dessins de gamine. La famille c'est toi plus moi on a dit, promis. Dans ses vœux d'enfant protégée, il y a certainement quelque part une mère, restée hors de l'histoire. Un ange, une maman infiniment douce pour moi doit demeurer toujours un mythe enchanteur. D'une grâce bonté divine et d'un sang généreux Minerve ou Athéna elle s'appellerait maman, empaquetée de tulle blanc, veillant sur sa progéniture et condamnant Sisyphe à rouler éternellement jusqu'à la cime de la montagne un rocher qui en retomberait aussitôt. Éternellement, pousser-tomber. Pousser-tomber... Tomber encore... Tomber. Ça l'occuperait papa, faire rouler les cailloux. Ce serait chouette, il n'aurait pas le loisir de me frapper.

Il la punit souvent, confisque ma peluche, quand elle n'obéit pas ; indéniablement je suis née Salomé. Quand ses jouets commencent à disparaître il lui dit que c'est à cause de la vilaine maladie *drame en un acte*. Qu'elle doit d'abord se soigner *déesse de l'immortelle Hystérie*. Qu'il ne lui offrira plus rien sinon un séjour en maison de repos *fascinante jusque dans l'horreur*. Il lui dit que si *capable d'embrasser la tête tranchée du Père* elle n'est pas sage ; il l'abandonnera.

Ce qui lui manque le plus *pertes endolories* ce sont les après-midi dorés *premiers mouvements dans le monde,* promenades en compagnie de Chiffon son toutou tibétain qui bombe le torse quand on le brosse et qu'elle serre fort quand le spleen fait sa petite visite.

Elle aimait écrire, parler de forêt. Elle courait, petites enjambées, dans les tas de feuilles automnales qui attendaient d'être enlevés, et pas à côté. Elle traînait les pieds menus parmi les broussailles sauvages abandonnées avant de s'allonger sur un tapis de spéculaires. Elle attendait, impatiente d'une intensité, d'un mouvement brusque qui viendrait contrarier son flux excessif de bile noire. Avant de graver dans le bois ses poésies, elle laissait les branches fluettes strier leur passage sur sa peau, ça écorche, Chiffon, mais bien moins que la vie. Plantes et eaux des forêts c'est sûrement un remède plus doux que cette médecine psychoanaleptique, pour rétablir les épanchements moroses de son pays. Elle rêvait de devenir si légère si petite si fine qu'elle se glisserait sans peine entre deux lames du mécanisme de sa boîte à musique. Mais un mercredi, en rentrant chez moi, je n'ai pas retrouvé la boîte vieux rose bois.

Sa mélodie aussi avait disparu.

Elle comptait, naïve, sur certains objets, les considérait comme des phares, comme s'ils étaient de toute éternité. Les galipettes musicales soufflées par cet air triste et doux : c'était fini. Sa jolie boîte à musique s'était tue à jamais, le couvercle avait cédé pendant sa chute et le mécanisme s'était brisé, pas plus résistant que du verre. Le socle a été amputé d'un coin, le couvercle rayé, la clé a fait d'aigus cliquetis en rebondissant sous un meuble, laissant le ressort de la mélodie orphelin. C'était une de ces journées empoisonnées, papa était sorti de ses gonds.

Elle a subi *verte semonce* le courroux paternel *destructions récursives*, je ne m'habituais pas. De trop était celle-là, elle voulait qu'il le comprenne. Quand le père a brisé le coffret à air triste, une colère sourde s'est mise à lui bloquer la respiration. Si la *Lettre à Élise* devenait muette, elle n'avait plus le choix, elle devait prendre la parole. Il était hors de question de tout accepter. Dans la vie, il faut s'imposer. Maintenant elle désobéirait, serait une vilaine fille, laisserait la rage envahir ses réactions, l'impuissance ne la ferait plus s'effondrer. C'est la seule frasque qu'elle s'est permise, devenir remuante et crier haut. Tu ne m'entendras pas plus. Son seul caprice a fait l'objet de traitements excessifs qui dépassaient son échelle et ses dimensions.

Le troisième jour *docteur j'ai mal vécu ce déménagement* sa chambre avait été transférée dans ce grand bâtiment laid, et avait rapetissé. Depuis combien de temps Sylvia est ici, je me demande. On la traînait dans le couloir de l'hôpital, elle laissait une main mollement se balancer dans le vide. Sylvia me chuchote la nuit Depuis toujours. Effrayée par les couleurs artificielles des néons, elle regardait ses pieds, pourquoi j'ai pas de chaussures, jolies chaussures à lanière comme toutes les petites filles. Une infirmière la guida au septième étage, compta cinq portes et l'installa dans sa nouvelle chambre. Elle ouvrit de grands yeux noisette en découvrant la petite pièce blafarde puis se mit à pleurer C'est pas ma chambre. Le temps s'est arrêté.

Ça fait mal. Son pays s'acharnait à se réduire. Les cloisons étaient frappées de fissures, les peintures d'imperfections de tons. Sous la menace de nuages effrayants et espaces hostiles, elle allait commencer à devenir terne et triste, terne et impersonnelle. Quitter la maison, même quand elle se noie, brisée par le déferlement de colère paternelle, pour elle, c'était abandonner le navire auquel on appartient, abdiquer ses devoirs filiaux. On lui dit de ne pas s'inquiéter. Elle n'est pas la seule abandonnée, ici on va s'occuper d'elle, on le lui a promis. C'est quoi *abandonnée* ?

Elle a rencontré docteur comme ça, sous forme d'interrogation. Elle a quatorze ans, on lui dit qu'il faut cesser d'y croire M'en fiche je sais qu'il reviendra. Il est où papa ? La vie sans n'existe pas. La maison normalement c'est lui & moi.

Elle persiste dans une position délicate, internée dans une boîte ridicule, cognée contre les parois, gâtée par la poussière qui a choisi refuge. J'ai vingt-cinq ans. Le verre se dresse, avec une sérénité glacée il approfondit toute distance aux événements. Il nourrit la paroi déformante de la maladie qui non seulement guette, mais guide aussi. Avec le temps, ses organes ne s'habituent pas et sa voix le renie. Elle est en quête d'explications psychologiques, mais un angle d'indétermination demeure, il mêle irrémédiablement charges de l'hérédité, constitution physiologique, mission endossée par les traumatismes, degrés de sensibilité. Et. État affectif. Entre autres. Elle voudrait tout recouvrir, tout noyer et trouver un îlot. Trouver surtout, un moyen de briser la verrière, mais sans que tout explose et ne détruise l'ensemble. Il faut consolider parce que je suis l'ensemble. Elle se maintient et s'affirme dans l'agressivité, rompt de manière douloureuse avec ses retenues et habitudes silencieuses. S'exprime de manière embarrassée. Je n'ai pas, je n'ai pas compris non plus.

Lit blanc d'hôpital froid, couloirs étroits, programme d'éducation à observer, obligations martelées. J'ai dix-sept ans. Aujourd'hui vous prendrez onze comprimés. Vous pouvez être une meilleure personne, il n'y a aucune raison de ne pas y parvenir. Avez-vous oublié de prendre vos médicaments ? Nous allons vous déclarer en arrêt maladie à temps plein. Si la psychologie est cruelle, c'est de se maintenir trop myope pour voir que ses interprétations ne sont qu'illustrations rudimentaires et créations mentales fictives. J'ai trente-deux ans. N'auriez-vous pas oublié de prendre vos cachets ? Vous pouvez vous débarrasser de cette vilaine maladie. Soyez plus raisonnable, moins remuante. Vous pouvez être une meilleure personne. Une personne plus saine, normale. Une personne à propos cohérents. Réprimez leur rengaine, s'il n'y a aucune raison c'est forcément possible. Qu'ils se taisent pitié je vais devenir folle. Chut, c'est dans ma tête. Ma tête est une volière. Orpheline de bêtes à bon Dieu exterminatrices de parasites. Faites silence sinon de balivernes matraquée, je ne résisterai pas.

Vous entendez docteur, elle est agacée et haineuse. À chaque souvenir que je visite, chaque ronflement qui cadence, remue les ventricules et renverse le souffle, je suis davantage exaspérée et malveillante. On lui a promis que se remémorer tout haut briserait quelque chose, mais elle ne croit pas aux prédéfinitions, surtout quand elles sont médicales. Elle dit Suis-je plus avancée ? Regrette non. Les jours ont passé *je l'attends* elle passe son temps à dormir et dévorer lectrice les ouvrages de femmes dépressives. Dans la série treize de la *logique du sens* on comprend que le mot ne peut plus exprimer les *affects incorporels*, les affects indépendants des actions du corps. Dans la série treize, je lis, je comprends que j'ai raison. Mon rapport au langage est éminemment affectif. Le peser avec soin. Je suis la seule entre ces murs. J'ai raison, le mot est organique. Elle refuse de suivre les cours collectifs *je l'attends* et de parler au psychiatre commis d'office. Je ne supporte que Sylvia.

J'attends papa. Il n'est jamais venu. Elle a conclu que c'était encore sa faute, ma faute à moi si elle devait rester seule enfermée par cette vilaine maladie qui dépeuple. Ce n'était pas seulement le monde qui se vidait sous ses yeux, c'était toute sa maison qui avait disparu. Elle en a déduit que c'était sa faute, puisque celui qui portait la maladie, c'était elle. La vilaine, la maladie, c'est moi. L'égalité ne peut être plus parfaite. Récite *dans le couchant après 4 h 48 je ne parlerai plus*.

Un cri. Chute d'une ombre volante sur le sol. Sons de cloche de détresse.

Le moteur s'impatiente tandis que les grilles, à peine rouillées, s'ouvrent. Les sirènes d'ambulance tintent en s'éloignant des grands ensembles de briques rouges menaçants. Écrasant une nuée de sauterelles, elles traversent le pont avant de prendre à droite. C'est la rue juste avant la forêt. À son réveil, elle était devenue pour ainsi dire impotente. Ses membres lui étaient indisponibles. Son cou s'était affaissé, son cerveau devenu trop lourd, inondé de molécules chimiques dont elle devinait le parcours, la lente progression dans son anatomie. Elle sent que tout en elle est emporté, anesthésié, amenuisé. Ces tortures sans aucune raison pour des mots mal compris.

Elle aimerait bien se voir parce que sous les obligations triviales, son rythme corporel s'est effondré dans le désaccord temporel. Sa peau s'est déformée par l'usage qu'elle en fait. Son espace habitable se réduit à un globule de verre. Ses besoins se sont adaptés à cette conformation. Son organisme essaie de forcer le passage pour se libérer de sa constitution prédéfinie et de toute fonction utilitaire. Il devient cette matière percée et sans forme où l'affection peut détruire, effacer, subvertir le système de défense qui dans la vie courante masque, oppresse la nature première. Il est débarrassé de toute filiation. Je veux me voir. Depuis qu'elle n'est plus séquestrée pavillon F, elle en fait la demande. Elle dit qu'elle aimerait bien. Elle dit S'il vous plaît, laissez-moi voir, c'est pour consolider ma conscience de moi. S'il vous plaît docteur. Vous voulez bien ? Elle hurle Je veux me voir alors plus vite que ça. Elle persiste S'il vous plaît.

On apporte un miroir qu'on installe près du lit. On l'aide à se lever, l'approche de son reflet. Tête baissée, elle repousse le soutien des infirmières, avance d'une enjambée maladroite. Elle soupire et assure Je veux me voir. Elle serre ses poings et lève la tête dans un mouvement brusque et douloureux.

Elle voit. Une pluie de traits sombres dont la tension est solidifiée par une brisure. Le visage ondule puis se fige gondolé. Des cafards verdâtres font leur procession par les canalisations qui traversent l'endroit. Où a bien pu passer mon cou ? L'estomac se hausse dans le cœur, avant de venir se cogner contre le menton. Les fonctions se sont désorganisées. C'est tragique ça lui plaît. Front gonflé, menton en proie au rétrécissement, la chair souffrante ruisselle le long des os, mais ce n'est pas une chair morte. Elle se teinte de toutes les couleurs d'une pulpe vive. La bouche est si ondoyante qu'elle est impossible à localiser, elle fait de ce visage un magma charnel, une viande sans identité, qui s'offre. Des croûtes blanches zébrées de grenat y ont fait leur nid.

Éclats de verre épars sur le sol. Elle regarde son médecin et plaisante Sept ans de malheur. D'ici là, mon air vicié aura terminé son travail d'asphyxie. Le destin s'en occupe. Elle a cherché son amorce, l'a convié et l'a tenté, et il m'a prise au mot. Elle souffre et se divise, pour ça. Elle supplie pour ça. Non, la supplication très peu pour moi.

Anéantie si je subissais une petite dissection je ne sentirais rien tant je suis devenue maquis inorganique. Donnée à ausculter, je suis une larve, maintenue à l'état d'embryon manipulable. C'est la faute au cerveau. Il n'est pas résistant, se croit obligé de véhiculer chaque signal électrique reçu. Ma peau serpente sous les mouvements internes de ce démon dans ma dépouille glissé. Les remèdes s'emparent d'elle avec une force et un engouement peu humains, ils sont sanies indigestes qui encombrent le métabolisme ; et leurs miasmes, ce qu'il en reste.

Une sensation de brûlure dans le cou la démange péniblement. Elle pense Les questions sont superflues. Jusqu'où le corps peut-il aller dans la souffrance, qu'est-il capable de faire endurer ? Comment réagit-il aux blessures délibérément infligées ? Combien peut-il détériorer de fonctions et créer d'antigènes cruels ? Elle a appris les questions Faut pas en poser *c'est comme ça*. Ce n'était pas pour faire du mal docteur vous vous trompez, elle voulait simplement voir à quoi ça ressemble, le cœur de verre pour de vrai brisé. Tu ne peux pas comprendre. Faute de mythes à même de la nourrir et la justifier, le jeu ne pouvait être autre, il fallait dans le vide basculer.

Le quatrième jour *posons le diagnostic* les choses même les plus infimes ont commencé à lui poser problèmes et équations à inconnues multiples. Le docteur aux yeux chiffonnés, sous le sarrau, porte une chemise bleu électrique avec un petit mouchoir d'ornement faufilé dans la poche supérieure gauche. J'ai treize ans. Il la retournait, maniait du bout des mains, hé ho tu me crois contagieuse, c'est ton boulot ou pas. Il lui faisait avaler toutes sortes de pilules. Bah, c'est quoi ces calissons amers. Écarte-toi, il faut que je crache des cachets jaunes et blancs, les mêmes que son père, je les reconnais. Ils variaient selon l'ampleur des effets secondaires. Tu deviens hypocondriaque pour moi ou je te sers de cochon d'Inde ? Elle agressait tout haut, c'était pour qu'on l'entende, mais ce langage non plus ne trouvait pas réception.

Ils se disent que cette fille ne tourne pas rond mais ça n'arrête pas de tourner. Sacrément même. Elle ne peut ni sortir, ni écrire, ni dormir, pas même tracer un profil, encore moins marcher. Ils ne s'aperçoivent pas que je suis en train de mourir. Elle ne peut que lire. Sylvia, Virginia, Sarah. Elle voit les choses s'étaler devant elle, succession de petits morceaux si plats si transparents que leurs contours sont indiscernables.

Je suis frappée d'hallucinations. Vous ne pouvez pas entendre *mon désespoir déborde* ce que les femmes mort-nées de février *il n'y a rien à faire* me disent *puisque je vais mourir*.

Je suis fourbue. Tours de petits chevaux de bois, elle voit flou. Le manège n'est pas enchanté. Je suis en train de mourir. Les filles, comme vous, je suis en train de mourir. Elle croit que personne ne le voit.

Elle tente de se dissoudre dans la léthargie. Étape une, ma constitution rétive refuse le repos, mon front suinte, derechef échec. Il l'avait mise en garde : un vrai fiasco ma fille. De se placer sous protection des affinités qu'elle se crée. Quitte à être accompagnée par le mal autant lui attribuer de jolies incarnations. Il y a, heureusement, toujours une prononciation, un passage imprimé *miroir signifiant de soi* dans ce que les autres laissent, et qui fait écho sur la vitre qui vous en sépare. C'est assez salvateur, quand cette paroi approfondit le déséquilibre entre ce que vous pouvez ressentir et le monde tel qu'il se donne, de se découvrir des semblables. Sarah, Sylvia, Virginia.

Sarah Kane suicidée un jour de février le mois de nos naissances. Ses refuges sont des mots, des chants d'amour *d'une jeune fille folle* nommée Sylvia, des psychoses de Sarah qui cessent à *4.48*, et des ondes marines de Virginia. Elle ne trouve pas le rivage. La mémoire est inscrite dans la violence du corps. Si elle avance, c'est par détours par revers empêchée par les craintes et désorganisations physiques. À chaque pas elle tombe. Ses petites mains n'avancent que contraintes et laborieuses, d'où sa frénésie nouvelle et implacable à la thérapie. Impossible de suivre les brisées de Virginia. Virginia Woolf, venue au monde en janvier suicidée en mars encadre les mort-nées de février. Droite et sereine, pierres dans ses poches, et hop, Virginia à l'eau c'est enfin terminé. Et les vagues se brisent sur le rivage.

J'ai quatorze ans. Quatorze ans c'est-à-dire cinq mille cent dix jours de pratiques périlleuses et de cadavres mémoriels entassés. Mes pores craquent sous leur poids mais le fondement est consolidé. Il faut savoir dominer ses émotions, se maîtriser ; je l'ignore. Les médecins disent C'est une forme d'accoutumance au malheur, ils ne m'apprennent rien. Suite à leur conclusion clinique, je me diagnostiquais autiste. Ça doit venir de mon passé. Un soir elle lui avait demandé Papa, pourquoi tu t'énerves si fort ?

D'un geste souple il avait pris sa main avec affection, puis l'avait posée délicatement sur le fer chaud. Sa poigne était devenue plus nerveuse. Elle n'avait pas crié, elle n'avait rien dit. Elle voulait répondre, expliquer, protester.

Répondre, elle ne pouvait pas. Trachée obstruée, impuissant, le thorax dévoré n'a pu innerver les cordes vocales. Fonctions verrouillées, parole engourdie, je me recroqueville et perds le rythme respiratoire dès qu'on s'approche de moi. Superficie interdite aux tactiles, danger, tubes à oxygène obligatoires. Je peine à respirer, tu as un souffle au cœur mais ne t'inquiète pas, il doit être bénin.

Spécialisé, docteur diagnostiquait un échec du stade du miroir. L'enfant *c'est moi*, s'il est seul *je le suis*, dans le miroir *je n'ose pas regarder* risque de se perdre. L'autre du miroir *ne ressemble à rien* est une image. Une image non réelle. Mais cette image est la sienne. Si l'enfant est seul, sans un bras pour le palper, une voix pour lui parler, le nommer, répéter son prénom *regarde dans la glace à côté de papa c'est toi tu t'appelles Salomé,* son image ne peut lui paraître unifiée. L'enfant ne peut se constituer que par la présence primordiale du père. L'enfant, pour se reconnaître, a besoin d'un signifiant autre que lui. Docteur confirmera Votre père n'est pas un objet réel. Alors qu'est-ce qu'il est ? Votre père est une métaphore. *Qu'est-ce qu'une métaphore ? Un signifiant substitué à un autre signifiant*.

Le premier signifiant est pourvu d'une mauvaise santé mentale. Le substituant par imitation, sympathie, empathie, projection, hérite en partie ou en excès d'une mauvaise santé mentale. En somme, professeur, quand la petite fille s'identifie à l'objet signifié de son désir *mon objet est perdu*, elle ne peut se nourrir que d'un naturel mélancolique. J'ai perdu le visage, et les mots. Sans chronologie j'ai perdu les mots le visage.

Qu'est-ce qu'une petite fille ? Un poids mort, une poupée qui se laisse manipuler sans aucune injonction.

Heureusement je grandis. J'ai seize ans, une parole nouvelle et la maladie de Biermer. Biermer ne frappe que les vieux, normalement. Son ventre souffre d'anomalies auto-immunes inédites, sa boîte crânienne pèse très lourd. Tapi au fond, dans une fourrure, un loir gris ensommeillé pépie de désespoir. Les rongeurs, eux aussi, ont le vertige. Il a chuté dans ce trou noir alors qu'il hibernait paisiblement dans le sol. Peut-être que les migraines prennent plus facilement quand l'arrière du crâne est étrangement convexe. Sylvia ne sort plus, je me promène seule. Je suis une anémie, un défaut de sécrétions, une cellule nucléée d'antigènes gastriques. Un phénomène de foire. Approchez, approchez : recouverte de plaques mauves rongeuses, constellée d'éclats de verre dans le cœur déchiré, et immobilisée par quelques glaucomes blocs de glace dans le canal lacrymal. Je ne trouve pas la chambre de Sylvia, je cherche. Ma vision est faussée, dans les chambres il n'y a aucune Sylvia. Où dort-elle ? Sous mon lit, elle ne peut être ailleurs. Ma vision est faussée.

On doit finir par s'accommoder d'une raison si chancelante mais ça dépend des personnes et je ne m'habitue pas. Y a-t-il une corde aux alentours, qui traîne ? Ce monde est un désert où je ne trouve pas la piste. Ou une vitre ? La vitre a tout dépeuplé. Je suis en train de mourir, je sais que personne ne le voit. Et autour ? La bulle de verre, ce fichu cube m'enferme, il est en moi. Tous mes virus s'y logent. La vitre craquelle l'épiderme. Il reste ces trucs que je sens. Des moraines. C'est pour ça que je voudrais tout recouvrir, tout noyer hormis un refuge. Pour moi.

Mais elle l'a déjà fait, c'est ça, son problème. Elle est trop à l'abri des souvenirs. Ce ne sont pas les résidus du monde qu'elle doit chercher, mais les siens. Si j'ai un passé, il est fantomatique. Raison de plus pour fouiller. J'essaie, je ne fais que ça. Essayer de briser ce qui m'en empêche, retrouver une spontanéité. Mais le vide avance. Il s'approfondit entre le monde et moi, enfin vous comprenez, il m'envahit tout en le dépeuplant. D'où les résidus. *Notre besoin de consolation* plus que tout autre *est* notez bien *impossible à rassasier*, le besoin de consolation est impossible à rassasier. Passe-moi la hart autour du cou.

Le cinquième jour *phase d'exploration* elle fouille ses souvenirs, les bruits du monde s'y perdent et disparaissent. Le mal fait son chemin, en moi creuse son désert. Elle s'attarde, regard figé, devant la fenêtre qui donne sur le parc pluvieux, tous les fous sont rentrés répugnants déjà boueux. Aujourd'hui encore, je n'ai pas vu Sylvia. Le psychiatre est son seul miroir. Sur ce mur se disloque le souffle froid de ses bouffonneries. Elle lui dit J'ai une amie ici, Sylvia, elle m'a appris à parler. Elle est jolie, n'est-ce pas ? Vous la connaissez forcément, elle distribue les petits gâteaux et sert le lait. Oui, Sylvia. Sylvia Plath suicidée à Londres un jour de février, le mois de ma naissance. Je ne l'ai pas vue ces dernières semaines. Elle souffrait aussi de cette vilaine maladie. Vous pouvez m'accompagner à sa chambre ? Je suis moins seule, fragile, hésitante depuis Sylvia. Notre pathologie ne dort que quelques heures par jour, le temps pour elle d'écrire son recueil de poèmes *Arbres d'hiver*. Il est dans mon tiroir, voulez-vous que je vous le prête ? La bile noire crée des instabilités en chaîne lardées de crises de nervosité mais aussi d'aboulie. Elle fait des dégâts, atrophie des fonctions, titille des hémisphères du cerveau. Faufilée dans des silhouettes adipeuses, son hystérie circule entre quelques mégaloblastes et taquine les nerfs mixtes. Relayées par une léthargie, des pensées obsessionnelles reluquent un lieu fragile où s'implanter. Ce n'est pas du jeu franchement, s'attaquer à un sujet traumatique. Qu'en penses-tu ? Sylvia. Mon anatomie est un champ de bataille, il faudrait le purger, on me conseille phytothérapie. Prendre un bain chaud moussant de fragrances d'amandes amères et d'anis étoilé. C'est prévenant mais ça ne peut pas suffire. Le père est sa mémoire, il fait des pas dans mon cortex. J'ai vingt-huit ans. Il la poursuit encore. Il piétine le sol, je l'entends, il veut tuer le loir. Les souvenirs sont usants *Lâche ce chien* je dois m'en déloger *il pue, je vais le tuer* restent sur l'estomac *toi aussi je devrais te tuer* compressent mon rythme artériel *car folle à six ans tu t'égorgeras à dix*. Même menteurs, purifiés ou occultés involontairement, ils trouvent moyen de se caler sur les lambeaux à vif. Mais elle ne compte pas rester pleutre plus longtemps. Je veux seulement trouver une écriture pour que de mes alertes tout ne se perde pas.

Sylvia mon amie a écrit *Pour celui qui se trouve sous la cloche de verre, vide et figé comme un bébé mort, le monde lui-même n'est qu'un mauvais rêve.* Dans son cas, c'est un peu différent. Ce n'est pas vraiment une bulle, le verre vagabonde et fouit son anatomie. Il faut avouer, ce n'est pas bien commode, parfois ça se brise ou se met à couper tranchant. De fondre il me rendrait les mots et me donnerait accès à ce moi déserté qui souffre fort. D'étranges pics de glace l'immobilisent *je devrais aussi te tuer,* se frayant un passage entre quelques fonctionnements décatis. Ils finissent leur course le long de son dos *tu t'égorgeras* pour frapper sa nuque.

Elle suit du doigt le trajet des gouttes en sifflant. Ma vision a dépassé la vitre. Des petites voitures surréalistes traversent l'espace orange industriel, des présences fantomatiques peuplent les trottoirs, quelques ectoplasmes phalloïdes promènent leurs furets roux. Des hommes en costume de ville assis dans de curieuses cages en étain poussent le même cri étouffé, je ne l'entends pas. Sur le socle précaire, des silhouettes livrées à des batailles sexuelles semblent vouloir s'effacer derrière le rideau de frottis et cette bruine de traits bistre. Dans l'arène, sous la cloche de verre, en train de se crisper, vomir, les corps sont convulsés, difformes, moignons tendus vers l'enfer. Elle suit de son index le trajet des gouttes en sifflant, grimace en silence avant de porter délicatement à sa bouche le bout de doigt d'où glisse une larme de sang. Prête à encaisser avec application les douleurs thérapeutiques, elle accepte de tenter de rétablir les contrariétés vécues inouïes pour revenir à un langage plus contagieux. Si la plupart de ses actes sont motivés par la peur, inconséquente ou non, vient le moment où à force de se blesser contre les murs, elle n'est plus rien, cette peur.

Repliée dans l'angle de ma boîte osseuse, une peluche blanche tachetée de marron s'assoie à l'ombre d'un arbre à son échelle, sa queue touffue vient recouvrir son dos lui donnant une allure de toutou impérial. L'ayant aperçu par la fenêtre, je me précipite et entrouvre la porte. Elle prend soin de maintenir fermée sa bouche, gonfle sa poitrine où l'air trouve une réserve, rentre le ventre. Elle ouvre l'œil et serre les poings pour gagner le courage de se faufiler hors de la chambre et progresser entre les étagères du couloir. Elle évite de sursauter au moindre bruit, d'effleurer les objets prêts à vaciller, lorsqu'elle entend des pas s'accélérer s'aplatit contre les murs, essaie de s'y enfoncer. Le monstre n'est pas sous le lit, c'est des conneries les filles, des mensonges pour marmot. Le lit n'est pas moelleux, c'est une pièce de bois véreuse brocantée recouverte d'une serviette-éponge posée horizontale. Le monstre est dans la maison, sortant d'un mutisme inquiétant, il se met à hurler. Sur sa figure pousse une querelle vénéneuse et se débattent des animosités permanentes. S'il m'est abominable c'est d'exhiber visage humain. Et familier. Ajoutons familier, il y a un fondement que je ne nierai jamais c'est celui des ancêtres.

Elle soupire. Personne. S'efforce de modérer sa respiration. Elle descend, pieds nus lentement sur le bois froid et glissant des escaliers. Son visage s'aventure au-delà de la paroi qui sépare la cuisine du sombre couloir. J'ai onze ans. Elle se serre contre la cloison. Il n'est pas là, je dois me dépêcher. Elle se met à courir très vite, sans aucune précaution, emportée par la crainte. Elle se baisse, à peine, pour attraper Chiffon, le cale entre son ventre douloureux et ses bras engourdis, et file le mettre à l'abri dans sa chambre, concentrée sur sa course et le refuge qui l'attend, ignorant les obstacles. J'étouffe. Personne. Elle remonte promptement au premier, ferme la porte en douceur, souffle fort. Tire les rideaux rose d'eau, avant de se barricader au fond du placard sous les vêtements qui pendent maintenus par la taille. Pendu par la taille on ne craint pas grand-chose, à part des membres ankylosés. Assise en tailleur, elle installe son chien petit sur ses cuisses, au plus près de son ventre, puis se met en boule le faisant basculer dans ce creux rassurant. Elle le presse fort, c'est ma peluche fétiche. Elle est trop vulnérable pour dormir seule dehors.

Tous les soirs elle affronte ce dangereux parcours, le même qui l'obsède dès son lever. Le rituel quotidien s'achève par l'inspection de la chambre. Rien ne doit traîner, chaque objet doit être mis sous cachette. Papa disait Toute chose visible sera détruite ou donnée à un enfant du village. Un enfant non atteint de vilaine maladie, s'entend. Le canidé ne doit pas gémir ni se déplacer à loisir dans la maison sous peine d'exclusion, c'est pour ça que je le planque. Elle se blottit contre lui et appuie la paume de ses mains sur ses oreilles. Elle sait ce qui arrive mais ne supporte plus de l'entendre, d'être le vestige d'une situation pathologique qu'elle n'a pas choisie parce que la petite fille c'est moi et moi ne suis pas celle qui décide.

J'ai sept ans, la nuit tombe sur elle. Son père crochète les volets du bas, dénombre ouvert-fermé, douze fois, avant de répéter ce trouble compulsif à l'étage. Porte d'entrée fermée-ouverte. Ouverte ne convient pas. On recommence douze fois, pour chacun des trois verrous. Le garage n'en a que deux, mais ça c'est du solide, c'est papa qui l'a dit. Il ouvre la porte avec fracas, Chiffon s'amuse dans le coffre à jouets tandis qu'elle attend, tremblante, sur le rebord du lit. Elle n'a plus le vertige. Elle ne le regarde pas. Elle n'ose plus. Elle comprend qu'elle doit le suivre, l'accompagner faire le tour de la maison. Le regarder renforcer chaque fermeture par des fils de fer qu'il faut entortiller. Le panneau ATTENTION DANGER

MAISON PIÉGÉE EXPLOSIFS est fixé dehors en permanence, au centre du portail, plus besoin de le sortir chaque soir venu, c'est déjà ça de gagné. Plus tôt dans la journée, elle a fait sa toilette. Il attendait figé muet dans son fauteuil. Il exécutait ses mouvements de tête. Mais qu'attend-il, je l'ignorerai toujours. Je ne sais pas. Elle ne manque jamais le bain. Je sais que si je ne le prends pas avant qu'il coupe l'eau, c'est la correction assurée. Elle file directement se coucher en attendant les vérifications de fin d'après-midi. Minutieusement, il fait le tour du quartier. Elle en profite pour aller chercher Chiffon le chien me parle d'un regard tendre, il est le seul je vous jure, j'ai bien entendu.

Quand tout sera bien fermé, le père devant moi coupera le gaz, s'il arrive quelque chose, au moins, je serai témoin capital. Avant elle disait Oui, je jure on a tout vérifié. Ses sons se sont feutrés, elle finit par donner son aval d'un signe discret avant qu'il n'enclenche l'alarme à incendie, détectrice de fumée. C'est le top qui signale l'heure de regagner la chambre. Seule, dans la chambre, je ne tremble ne crains pas. Le gaz à midi est coupé, je ne mange pas le soir. Elle rejoint Chiffon dans le placard, ils font des calinous. Elle lui dit que les fées vêtues de noir mangent du tiramisu maison en suçant le rhum pur au creux de son bras.

Avant, elle lui racontait des histoires, mais sa parole s'est perdue. Un lourd obstacle la bloque et mon champ d'action rétrécit. J'ai envie de crever un jour sur deux, c'est difficile il faut le reconnaître. *À 4 h 48 quand le désespoir fera sa visite.* Comme Sarah. *Je me pendrai*. Poursuit, Sarah, *nous sommes anathèmes, les parias de la raison*. Ses plaintes effraient mais ne sont que langage, il ne tient debout que d'être hyperbolique.

Le sixième jour *comment vivre accompagnée du mal* la heurte, l'ulcère, la brûle, l'affecte fortement. Toute cette peine en moi, je ne saisis pas pourquoi, pourquoi ils ne comprennent pas. Sa vie, elle va trop vite, elle m'abîme vous pouvez pas imaginer. Elle ne comprend pas la douceur informe que ce mélange donne en elle. Je n'y arriverai jamais. J'ai trente ans. Là où la majorité réussit, j'échoue. Elle s'agite, se lève, travaille, communique, continue et recommence. J'ai tout tenté.

Tout je crois. Mais je suis nulle pour faire les nœuds coulants, elle avait essayé de se pendre mais je me suis défilée. Mon corps a refusé pourtant papa m'avait mise en garde *Folle à six ans tu t'égorgeras à dix*. Le corps possède plus d'un tour dans son sac, faut toujours se méfier, surtout des terminaisons nerveuses. Elle avait pensé sauter, mais on avait oublié de me dire à quel étage j'étais. L'ennui quand on se jette, c'est que si on se trompe dans le nombre d'étages, on peut se retrouver vivante sur la chaussée. Elle a fait ça. C'était un des hivers les plus froids que j'aie connus. Faut jamais tenter ça l'hiver à moins d'être inconsciente. Dans ma traversée, j'ai brisé la vitre, mais ça n'a rien changé. Dehors, un joli champ de ronces m'a offert l'hospitalité. J'ai quatorze ans. Ça ne change rien, d'assembler le puzzle de débris dentés, quand ils sont à soi. Faut jamais faire ça l'hiver, t'es inconsciente ma pauvre. La neige protège le sol des projectiles de chair. J'avais l'impression que sept étages suffisaient, mais en fait ça dépend des maisons. Le premier étage donne une petite idée, mais ce n'est pas redoutable, tu retombes sur les pieds ou tu te retrouves genoux et paumes écorchés. Le deuxième non plus n'est pas si périlleux ; fesses endolories et peau brunie de frottements de sols. Troisième étage ? Autant monter encore. Bout du menton bien abîmé. Assise dos à l'air elle aime bien se balancer, pour rire. De toute façon, si un jour je me sens flancher docteur a dit qu'il me rattraperait. C'était du figuré, probablement, mais peu importe, il n'a pas précisé. Septième ? Petite grenouille recroquevillée sur la chaussée. Hors de question, j'ai bien trop d'imagination pour finir aplatie.

Front posé sur les genoux, mains serrées derrière la nuque, mes coudes pressent ses tempes, elle se met à exécuter des mouvements d'avant en arrière. Je n'ai pas d'abri de toute façon, donc nulle part d'où sauter. Faire avec. J'apprends à faire avec, faire avec. Faire avec faire avec faire avec. Qu'est-ce que j'ai ? Mais qu'est-ce que j'ai, qu'est-ce que ça signifie, qu'est-ce qu'une petite fille, qu'est-ce que ça veut dire ?

État de conscience lucide mais violent, en silence ou éclats de voix, les mots sont un abri. Elle y bâtit refuge quand la sérotonine me joue de vilains tours, que sous sa main frémissante ses esquisses, imprécises et ecchymosées, échouent. *C'est ici que je suis* nerfs serrés *voilà mon corps* membres tremblants *qui danse sur du verre* regards vaporeux *je n'ai pas le choix* épaules hâves *le choix arrive après*. Si je geins de douleur, par un rien agacée, à l'infime ; mes synapses polarisent réaction spasmodique. Et les vagues se brisent sur mon visage.

Qu'est-ce qui ne va pas ? C'est ma question. Comment on fait, avec. C'est ce qui m'inquiète. Aussi, comment on fait avec. Je suis épuisée, lasse. Fatiguée, je suis si fatiguée. Nina la mouette disait la même chose, je dois cesser d'emprunter. D'emprunter les mots. Les mots des autres, mortes de ne pas avoir cicatrisé. Mes amies sont des suicidées, elles seules pourraient comprendre au sens d'embrasser le malaise qui m'habite. Elles seules pourraient car nos expériences sont coïncidentes. Sylvia, Virginia, Sarah, elles savent que parfois je me dis Ce n'est qu'un mauvais songe. Faisons comme si cela n'était qu'un mauvais rêve. Un mauvais rêve qui se pâme comme le cri d'un noyé à l'horizon dont on distingue à peine les membres paniqués qui nous font signe, dont on n'entendra jamais l'appel.

Les autres, docteur, doivent drôlement faire semblant. Mais comment c'est possible ? Ils font forcément semblant, parce que s'ils sentaient les choses, ils hurleraient, tellement la vie fait mal et farde les abris. Ils s'épuisent à chercher une issue aux disputes, évitent les conflits, refusent de se faire des ennemis. Ploient trop souvent, acceptent sans sourciller chaque compromission. De crainte d'être seul, de crainte que la dispute se prolonge en douleur continuelle qui ne disparaît pas. Essaient de s'épargner, contraignent leurs avis au silence, oublient leurs croyances après les avoir mises de côté. Ils ne font que ployer, incessamment ployer. Ceux-là, ils ne sentent pas la vie, c'est certain. Exister c'est souffrir, c'est moi qui vous le dis. Pour eux, mes mots sonneront toujours bien vides si leur sang ignore ce qu'est exister. Exister est strictement sentir. Exister est forcément souffrir. Dans ce sens seulement, pas l'inverse. Je ne dis pas Souffrir est nécessairement exister. Non. En ce sens inévitablement même si ce que je dis ne pèse rien. Sauf sur l'autel. Je dis que définir est saisir ce qui ne cesse de se mouvoir, d'affecter. Ce que je dis ne pèse rien sauf sur l'autel de ma chair sacrifiée aux brisures langagières.

Quand elle sent une crise s'amorcer, elle s'isole aussitôt, de peur qu'on ne la console de banalités d'usage néfastes à son humeur. Elle préfère fixer le plafond blême que se noyer en lieux communs. Si ça continue je n'aurais bientôt plus que ça. Mieux vaut s'habituer, mieux vaut toujours du propre que tous leurs mots ineptes et leurs airs patelins. Sain, vous ignorez à quel point les bons sentiments s'avèrent des denrées rances. Elle aimerait *procédé thérapeutique* trouver un moyen *courant alternatif* de briser la verrière, mais sans que tout explose et ne détruise l'ensemble. Évidemment, c'est impossible vous pensez. Vous n'avez pas tort docteur. C'est impossible, oui mais seulement logiquement.

Qu'on me cisaille les nerfs, qu'on électrifie ma boîte. Je veux bien le supporter, si m'est rendu mon langage. Ça risque d'être violent mademoiselle. Croyez-vous que l'idée soit bonne ? Si ce qui annihile la moindre de mes expressions, supplicie mes sommeils insupportables, si ce quelque chose d'inapaisé et de vulnérable, longtemps claustré, veut enfin élever la voix, Oui.

Physiquement épuisée, sans cesse en tension, elle a des réveils de lutte, avec des niveaux de tension contradictoires. Dans sa peau *crevasses purpurines*, c'est plus compliqué. J'ai trente et un ans. Elle est corporellement exténuée de l'intempérance des sensations qui l'affectent.

Zoloft régule de façon sélective la capture de la sérotonine dans le système nerveux central. Anafranil agit contre les douleurs rebelles et périodes dépressives sévères. Zopiclone porte un nom rigolo, cependant il empêche de faire le pitre au coucher. Divarius en amont prévient les crises de panique avec ou sans agoraphobie. Effexor, lui aussi, traite la dépression mais avec une influence privilégiée sur la noradrénaline. Bromazépam synonyme générique du plus célèbre Lexomil diminue le dynamisme anxieux. Lysanxia est un mignon placebo bleu ciel contre l'angoisse. Ixel réprime l'abattement. Zolpidem est indiqué en cas d'insomnie occasionnelle, transitoire ou chronique. Tranxène me guide dans les bras du sommeil du juste mais occasionne des réveils ébrieux. Valium est absorbé par Sylvia quand elle souffre de la jambe droite. Halcion me provoque hallucinations, éruptions cutanées, troubles anxieux de séquences mémorielles. Érythromycine ne pas avaler, fait des dégâts, vous brûle l'estomac mais il n'est pas écrit sur le flacon : à appliquer avec un coton sur une peau propre et sèche, pour guérir les affections cutanées. Betneval à base de cortisone : en crème contre les démangeaisons bleutées, en pastilles sous la langue contre les plaques gluantes qui blessent les cavités buccales. Imovane. Lexomil. Seropram. Ah, oui, c'est un peu trop ? Stilnox. Xanax. Deroxat. Parfois on gagne ensemble, mais le jeu est faussé.

Cinquième case je gagne du terrain. Dix et des brins d'espoir. Deux bonds en avant direction la douzième, douze a toujours été mon chiffre-punition. Sur leur jeu de l'oie, elle ne gagne qu'en trichant, et c'est momentané. Ce jeu, à savoir une querelle intime entre un mal constitutif éprouvé et identifié depuis l'enfance et la quête d'une guérison dont on dénie l'effectivité. J'ai dix-neuf ans et refuse d'oublier. Lors de leurs parties d'oie, jamais la pathologie ne fléchit. À chaque nouveau pas, elle recule mais pour finir reste dans la partie. Pour finir. Encore. Pour *mal* finir encore. Encore rien n'est jamais fini. Le combat continue mais je suis embourbée. Le gouffre est toujours près mais elle se cogne contre l'à-pic, en retombe hébétée, et prend son air grognon.

Elle finit par bouder parce que ça ne l'amuse plus, lui fait trop mal qu'on appuie sur sa tête quand elle essaie de la sortir de l'eau. Je n'ai rien à dire sur la maladie qu'elle porte. Je ne sais plus quoi faire quand les cellules mauvaises se mettent à l'assiéger. À parler d'elles ou leur trouver symboles, j'échoue. Je ne peux y mettre terme parce qu'elles creusent leur espace en toute impunité là où manquent toutes ces choses que l'adulte a détruites. Si elles se calmaient, au fond ça lui ferait très peur parce qu'elles sont mon assise. Elle s'est construite sur du négatif et n'a pas le choix, je dois continuer.

Le septième jour est l'ultime. Le septième *sortons du sommeil médical* rien ne sert de patienter dans sa verroterie, de penser que si la pathologie ne peut plus s'incarner dans les événements, son impossible résolution la dissoudra. Le taudis est en elle et ce corps lui suffit. *J'ai rêvé que j'allais chez le docteur* calculez le temps perdu *il me donnait huit minutes à vivre*. Docteur oublie parfois qu'une vie en attente dans son salon se joue. *J'étais restée dans sa putain de salle d'attente une demi-heure*. Idiot, il m'a fait la leçon Tranquillisez-vous, les liens *conflits nerveux* qui endurent *croissance difficile* et supportent les années *stigmates tracés en creux* s'essoufflent sous les indélicatesses *flétrissures indélébiles* des actes. Pensez-y, ça devrait vous soulager.

Trouver le moyen de briser ces attaches thérapeutiques, je dois, creuser le trait d'union. Une altération auto-immune musarde en elle. Tout doux tout doux, elle n'est pas disposée à battre en retraite. Dans ces instants anémiés, tout lui paraît agression intolérable. Elle est de nature délicate mais forte de désirs indomptables, puissants de l'avenir. Sa progression doit être méthodique pour être un brin valable, mais il y a un obstacle. C'est celui du cerveau qui prend un aspect de labyrinthe. Lutin ardoisé, petit petit, n'aie pas peur, approche s'il te plaît. Approche, dépêche-toi, il faut m'aider, il n'y a pas de balises, je ne trouve pas d'issue. Le verre progressivement gagne le derme. Les aveux de sa chair deviennent inquiétants. Et périlleux. Avant tout, s'épuiser de toutes manières possibles jusqu'à l'évanouissement. Ne pas se nourrir, ne pas dormir. S'épuiser afin d'éviter toute sensation provoquée par l'absence soudaine de médicaments. Puis, se dégager d'une demi-conscience. Mettre en lumière, pour les désamorcer, les mécanismes aliénants devenus inefficaces et incapables de contrarier l'onde physique et le rythme de la dépression nerveuse. Ensuite, remonter le fil de ses motifs. Suivre son parcours et lui offrir remèdes. Même si je n'arrive pas à mesurer le degré de méfiance approprié pour lutter contre l'ennemi tout en suivant son cours. L'approcher sans qu'il ne m'abîme plus, sans que ne glisse un pied, une facture, un détail qu'il empoignerait contre moi. Elle a beau essayer, elle ne se méfie jamais assez. Pas une manifestation requise par l'ordre commun du temps ne l'affecte. Ou alors, jamais au bon moment. J'ai quatre, sept, neuf, seize ans. Tout aussi bien vingt-huit. En réalité je n'ai plus d'âge. Pas un seul marqueur temps pour ponctuer la croissance. Dans le monde je n'existe pas. Ma vie n'est que suite de symptômes somatiques. Je souffre vous savez. C'est idiot jolie demoiselle, tu n'as aucune raison. Aucune raison ? Il a dit, imbécile docteur, Aucune raison, j'en suis persuadée.

Aucune raison. Aucune cause à la douleur. Alors, qu'est-ce qui ne va pas ? J'aurais voulu me précipiter telle une gamine perdue, poursuivie par un ogre. Elle aurait erré, à bout de souffle, chutant, et prenant faiblement appui sur les parois hostiles avant de trouver enfin refuge, recevoir toute la consolation possible. Puis s'échapper, dans une intensité commune, de la morosité universelle et infinie qui s'abattait sur elle. Mais elle ne savait pas où aller pour conter ses cafards. *Errante, et sans dessein, je cours dans ce palais*. Elle voulait se précipiter, amplifier ses appels, j'ai quelques raisons objectives d'être triste et perturbée, mais ce dont je souffre c'est de la façon dont ces choses me touchent. Compris ? Mais personne ne les entendait.

La pièce s'assombrit, on ignore ce qu'est devenue l'aurore. Après l'agitation du jour, je suis retombée, vide de désir et d'espérance, exaspérée de déception. L'épiderme est gagné. Peut-être. Que son inconscient est moins psychique que musculaire-direct, âme-animale, tension nerveuse, instinct. Des bleus se dessinent sur les lombes. Prolongements de l'eczématite qui s'amusait mutine tout près des ailes iliaques. C'est juste pour chatouiller mais c'est tout de même médiocre de s'attaquer à un terrain en jachère. La demoiselle ne cherche pas le langage somatique. Sa peau parle trop, c'est aussi ce qui l'énerve. Son regard se perd à travers la vitre qui garnit la minuscule fenêtre lisérée gris. Elle pense, elle est un échec total sur le plan social, et humain. Je ne suis pas un individu mais un corps. Un corps de langue, une masse textuelle. Une surface informe qui soigne ses lésions. Une plainte muette reste mal entendue. Elle est malade et le drame est que ça continue. Que de temps en temps elle va bien. Elle se construit, se fonde, s'isole dans ce corps.

Elle doit chercher en elle, jusque dans ses bras morts, la plus opaque ténèbre, le dérivatif aux somatisations. C'est ce qui l'inquiétait. En elle mais pas seulement. Elle doit chercher en elle non pas un moyen de s'en sortir mais de résister. On ne s'en sort pas vraiment, à moins d'être sans souvenir, le corps est ma mémoire. Et, plus difficile, sans aucune impression. À moins d'être amnésique au sens total du terme, dépersonnalisé, coupé de ses ancêtres ; on n'en sort pas indemne, on résiste comme on peut. Résister. Résister oui mais pas seulement. Résister et chercher, aussi, en lui les origines de sa douleur.

Un espace exigu. J'ai décidé de trouver dans mon immobilité la racine du désespoir. Impossible de savoir s'il est clos. Je cherche. À errer fantôme dans les galeries abandonnées et fouiller les tiroirs poussiéreux, elle ne fait qu'enclencher le mécanisme cercle vicieux. Je cherche et trouverai.

Mouvements silencieux du bas du visage. Elle éprouve violemment la manière dont son système nerveux est enfermé et aliéné. D'ici je dois sortir.

Derrière le grand mur froid, derrière la chair chétive, derrière les mots muets, derrière, derrière, ça fait du boucan. Venez, je vous entends, montez la voix encore... Hélas, je crains que l'intensité sonore ne change rien à l'affaire. Que quelqu'un m'entende, ce n'est pas sûr non plus. Je dois chercher en moi.

Ce qui est absorbé, senti, haché, broyé peut-il ensuite être flairé, dirigé, grandi ? C'est sa question. Elle souffle. Hausse le ton. C'est ça, ma question. Personne ne répond. Elle pense que l'intensité sonore est inutile mais répond *Fort bien. C'est un recours où je ne songeais pas*. Mais comment faire alors ? J'ai l'écriture muette et l'alexandrin libre. Puis-je les prendre avec moi ? Elle racle sa gorge pour tenter l'expérience, élève la voix. Invective contre le processus de dépérissement. Puis, fixant son reflet, crie Que dit cette étrangère de ma douleur ? Elle tient plus probe encore son visage fané. Je mets le cap au pire, ne ploie plus sous le non. Elle ne répond plus Refus ni Comment faire avec. Ne dit pas Pourquoi mais menton fier dis Oui, je marche dans le sens du mal. Elle ignore ce que ça peut donner, ce que je vais trouver, à part des contrées cafardeuses. Peut-être rien, mais c'est difficile à accepter. Une gentille expérience de strangulation ne veut pas dire qu'elle a l'intention de se pendre. La sienne n'est pas gratuite, je ne cherche et ne risque pas en vain. Il me faut demeurer vigilante. Sinon. Sinon l'échec m'assaillira vite ou l'écrit s'éparpillera exsangue de chercher encore.

Elle émet un murmure de douze syllabes et quitte la pièce d'isolement. Elle a les nerfs balayés par la crise. Son organisme se libère dans la décontraction des mouvements de ses membres rachitiques et idées pétrifiées. Touchez pas ça docteur, c'est à moi. Il demande de quoi elle parle. De cette substance solide, transparente et cassante, obtenue par la fusion d'un sable siliceux avec du carbonate de sodium ou de potassium, ou par glaciation d'une surface inondée. Vous essayez de transformer en discours acceptable ce qui est étranger à tout discours, ça ne peut pas m'aider. Je suis fragile, à l'instar d'un univers de cristal... Tenir la tête et parler haut ne suffit pas. Voyant qu'il n'écoute pas, elle se coupe la parole, se lève, frappe le bureau de son poing gauche, se penche vers lui et hurle Je trouve un équilibre et vous n'en voyez rien. Un équilibre, oui, il est plus que douteux mais c'est comme une idée, une idée flottant dans sa conscience. Il faudrait me donner des mots ou une réalité, une manière de parler autre que la langue morbide. Autre que ces croquis à analyser. Est-ce que ça marche ? Pas possible. Non. Vous ne comprenez pas, j'ai besoin d'autre chose. Autre que cette tache à quoi vous fait-elle penser, que représente-t-elle ? Rien du tout. Autre que ces schémas naïfs qu'on me contraint à dessiner pour les soumettre à l'analyse. Autre que la prise en charge de ma pathologie par la machinerie du pouvoir médical. Votre tentative de commentaire psychologique passe à côté de l'essentiel en essayant d'enfermer toute impulsion dans des concepts psychanalytiques préétablis.

Elle a besoin que son père comprenne, qu'il s'y voit seul illustré. Les distorsions sont là, fusion de nos démences, lovées en mes entrailles.

Les distorsions regardez c'est moi.

Elle voulait lui parler. Juste lui dire Tu peux essayer de m'empêcher d'exister mais je ne me tairai plus. D'avoir en silence trop accueilli les coups, le sang fortifié est devenu éminemment belliqueux. Lui dire et qu'il entende.

J'ai mauvais fond quand je pense à toi, mais pas seulement. Ce serait plus simple de n'être qu'une vilaine fille. J'ai mauvais fond, oui mais je suppose qu'il faisait comme il pouvait, avec ses circonstances et ses malheurs, à lui. Je vais dire un truc commun, me faire taper sur les doigts mais c'est difficile d'aider quelqu'un qui dénie sa douleur.

Qu'est-ce que doit faire, pour porter secours, une petite fille ?

Je cherche. Elle a découvert avec docteur : jadis le grand-père et le cadet de papa n'ont pas survécu à l'éclatement d'un pneu de leur voiture. Né de père inconnu circonstances ignorées abandonné par sa mère. Il n'a jamais éprouvé l'Œdipe. Apposée sur son acte de naissance, une adresse, celle de la maternité. Je le sais parce qu'il s'est rendu là-bas, espérant exhumer quelques racines. Génération, héritage, antécédents, il n'a rien trouvé. Je le sais parce qu'il m'a montré sa bosse sur la tempe droite, distendue d'avoir trop cogné la porte de la maternité.

Elle dit Peut-être je n'ai pas su l'aider, dans mon agressivité il a trouvé d'autres puits où s'isoler, des incompréhensions pour nourrir ses susceptibilités. Sur le caveau familial, un an plus tard on pouvait lire le nom de la grande sœur, noyée après avoir sauvé une cousine, qui est restée en vie mais a peut-être bâti une existence encore plus solitaire et triste que la nôtre. Le cœur de mon père, sans doute, est devenu ce qu'il y a de plus impropre. Il s'est fait sec et froid car il a eu trop mal pour avoir encore la force d'aimer. Je n'ai pas su quoi faire, pour apaiser ses craintes obsessionnelles et bouffées paranoïaques. Je ne pensais qu'à fuir, créer ma vie sans lui, m'acquitter de toute filiation.

Quelques mois plus tard, un prénom a été ajouté à la liste. La nounou généreuse s'est pendue un jour d'été dans sa chambre, à l'étage. Trame affligeante, parfaits enchaînements, tragédies en cascade pour scénarios grossiers, tissu d'invraisemblances, pourtant c'est la réalité. Ils étaient sept enfants, je n'ai pas trouvé trace des autres. Si j'avais grandi plus vite, je serais partie à leur recherche. Si j'avais retrouvé quelqu'un de sa famille, m'aurait-il traitée différemment ?

Aurait-il pu afficher autre chose envers elle qu'une attitude autoritaire, bâtir une conduite nouvelle dans laquelle une petite fille aurait perdu les raisons qui souvent lui donnaient envie de disparaître ?

J'ai cherché, mais au fond de son réel n'ai pas trouvé grand-chose pour apaiser en moi les empreintes de ses vilaines attentions, égoïsme infini et dictature paternelle. Défauts de filiation, les faits font preuve, manifestent tragédie de son histoire. Ce que j'ai trouvé pourrait m'éclairer mais son passé ne se soustrait pas à mon amnésie infantile. J'ai le goût des ombres, mais uniquement des miennes.

Dans l'existence du père, certes, des formations lacunaires, des repères ratés et des motifs vengeurs. Des fondements douloureux à expier. Des circonstances atténuantes pour favoriser le pardon, justifier un comportement indigne, je ne l'ai pas mieux compris. Mon esprit verrouillé refuse de s'y faire, l'assimiler. Tombant sur ma poitrine, ses larmes *ma bienveillance tarie* ne feraient pas fondre la glace. Je peine à comprendre car je n'accepte pas.

Elle se détourne de la fenêtre épaisse, siffle en comptant douze temps et quitte le petit salon. Elle dit Laissez-moi être en même temps l'acteur et l'épave, la cause et son épanouissement. Laissez-moi être la même qui s'active à délaisser et ressaisir celle qui cesse d'agir. Et répète trois fois Je ne trouverai mon salut que dans la fuite. Je ne trouverai mon salut que dans la fuite. Je ne trouverai mon salut que dans la fuite. Et dit aussi Sevrage effectué Diagnostic écarté je dois chercher en moi les mots qu'il a occis.

Elle est sortie de la pièce, en suivant le couloir vers une direction incertaine. Elle a marché droit devant sans rien entendre, détresse usée, à bout de forces. Elle n'y voyait plus vraiment, elle ne voyait plus. Des masses sans visage à mains multiples s'affairaient autour d'elle mais elle ne les reconnaissait pas. Elle a continué quelques secondes, peut-être plus, calmement tracé un chemin, fendu péniblement la meute. Les ombres se sont multipliées pour l'atteindre, se sont ruées sur elle, esquissant des mouvements buccaux qui lui semblaient incompréhensibles. Elle ne savait plus lire sur les lèvres. Elle ne pouvait plus. Lire. La nuée informe munie de chas béants a fini par ralentir sa progression. Les Érinyes, teignes du remords, sont des bêtes vraiment acharnées. Sous leurs analyses et traitements, elle était devenue vide, inconsistante et sèche. Elle ne pouvait se contenter d'une jolie diversion, il fallait qu'elle se sauve. Son organisme réveillé, les muscles s'étaient articulés, elle s'est mise à courir vers l'issue de secours. Plus chancelante et malheureuse, plus désespérée et lucide. Il faut aller plus loin, plus loin dans mes souvenirs. À chaque accroc, elle s'est relevée. Alors seulement elle vit le petit cœur, sur le carrelage de la cuisine, le père ne l'avait pas jeté. Et je me suis détestée moins fort, je me suis accroupie, j'ai pris appui sur mes mains douloureuses. Je me suis relevée, pas toute seule cette fois. Je suis partie mais d'abord. J'ai ramassé le cœur car il battait le sol.

C'est un jour de pluie.

Elle pense. C'était aussi l'hiver. Je n'étais pas encore née. L'hiver le plus froid que Londres ait jamais connu, un mois de février propice aux fêlures. La cloche n'arrêtait pas de sonner mais la lumière et le chauffage s'étaient tus. Les canalisations gelaient. Les enfants de Sylvia étaient près d'elle, derrière la porte bordée de chiffons mouillés, à l'abri de la cloison des dangers de maman qui mettait sa tête dans le four à gaz. Sylvia, si tu pouvais, si tu pouvais répondre. Ça ne t'a pas protégée mais est-ce que ça ne s'entend pas mieux une cloche de détresse ? J'ai beau cogner plus fort, mon mur reste taciturne. Ses vibrations ne dépassent pas l'espace pantin qu'est devenu mon corps *sanctuaire de dépossession* sous leurs médications. Vibrations. Vibration, en physique, est oscillation, mouvement périodique de tout ou partie d'un système matériel. Elle se croyait éteinte, sépulcre muet de l'enfant que sa douleur a consumé mais cet enfant vibre encore. Dans sa détresse, l'énergie verbale guide, pousse toujours à continuer. Je cherche.

Voilà plusieurs années qu'elle désirait écrire cela. Elle est pétrifiée, suffoque à toute idée de. Depuis décembre elle s'en approche à pas menus. Être le réceptacle de sa propre douleur c'est être à la fois le bourreau et la victime, le bordel pénible et l'auberge accueillante de ses possibilités.

Logis aux volets parme, joli toit de chaume, baies vitrées sur plaines, quiétude et indépendance. Ici tout est confort tu es bien installée prends tes aises je promets : je ne lutterai pas. Tu es fonctionnement familier de mon organisme. Tout est entente. Nous ne pouvons pas trouver mieux que la nécessité de demeurer ensemble. Fenêtres closes, pas de barreaux, murs de verre non coloré, petit espace bien insonorisé, porte blindée, serrure invisible. Tu es vraiment mauvaise. Je ne peux te calmer ni tenter de te vaincre.

Debout, imperturbable sous les tourments d'orage, elle n'a plus cessé d'avancer. Les pas qui s'accéléraient ont disparu. Une nuit d'insomnie, en furetant les coffres-souvenirs de ses attachements par les mots, elle a retrouvé les encres turquoise de ses calepins enfantins. Son langage est le même et l'a toujours été, mais il s'était tapi, peureux. Craignant leur joug, il ne voyait qu'oblique. Il les savait trop négligents pour aviser que le mal n'est pas une création mentale fictive. Ce mal saccadé qui souffre fort et parle bas est le primitif. Remonter le fil des remous vilains, trouver sa bouture, chercher la source en soi, la source vivante et première de ses sensations. Admettre enfin que le langage de l'enfance ne peut être retrouvé, pas même sous l'assaut du souvenir. Et comprendre que la vitre ne peut être ni expulsée comme un ectoplasme qu'on aurait abrité quelque temps, ni détruite parce que la vilaine maladie est en soi, conscience à l'origine de la perception des avatars du monde, les miens sont négatifs.

Accepter.

Que le passé ressassé n'est pas composé d'événements précis mais morcelés, douteux. Parfois imaginés. Il n'est que reconstitution jamais exactement la même d'une situation définitive, regard sur ce qui est répété plus que répétition. Il plonge d'autant plus dans l'incertitude que le regard est perdu et incertain.

Que l'exil dans le corps *dors dors mon petit loir* est salvateur, libère des exigences du monde. L'inertie hors de l'épiderme n'empêche nullement la traversée des pores et la frénésie au-dedans.

Elle espérait mettre fin au plongeon, se hisser sur une berge *les miroirs-de-Vénus poussent sur la rive* pour y bâtir repos, prendre racine, là, *au-dessus de son onde engloutie* toute sèche, contempler avec la sérénité de la nymphe adulée, *chantonner, papa je ne suis plus happée par les fenêtres* fleurs de lotus, ondulations de la vie et sémillantes libellules. Elle pensait trouver un moyen de briser la paroi, résilier ces attaches, creuser des ressources intactes, mais c'est impossible. Ni traitement ni thérapie ne peut rien y changer. Il faut juste en prendre soin, la décrasser de temps en temps ou lui offrir d'autres perspectives. Ne pas avoir pour fin d'échapper au naufrage mais le rendre certain et inexorable en détruisant les possibilités d'échappatoire. Tout négliger afin d'atteindre aux fonctions indestructibles. Et, sans repère ni certitude, tout de même s'affirmer. Ma folie est originelle, prétexte pour un petit récit. Il faut s'en contenter.

Attendu qu'enfoncé dans la contradiction, son cœur n'a pas faibli. Attendu que dans le couchant même huit minutes infernales sont un temps de parole. Attendu que la douleur n'empêche pas les mots ; la langue je promets s'impose nécessaire. Attendu que rien ne peut l'interdire ni même l'amenuiser, elle donne pour certain : le désir du langage ne peut être anéanti. Il est impossible de se taire, ne pas écrire. Écrire c'est respirer, exister. C'est puiser le souffle requis pour échapper aux contraintes quotidiennes et tristesses existentielles je vous le dis encore. Condamnée à l'existence *je suis restée bavarde* elle est obligée de se dire et redire sans fin, répéter son impossibilité à garder le silence, se racheter une existence par l'écriture en créant un nouveau rapport langagier avec le vide creusé en elle. L'écriture *la mienne se veut autonome* est un peu de soi émergé, l'exercice, le mouvement de l'arrachement au réel collectif. Elle remet de l'ordre personnel dans ce que la nature *avec moi le déluge* a défait.

Il ne l'entendait pas *Muet à mes soupirs, tranquille à mes alarmes,* je peux bien la fermer, maintenant, je ne suis pas Hermione.

Quand on a le sentiment d'avoir usé toutes les possibilités on espère juste trouver le souffle naturel pour pouvoir raconter. Raconter qu'est venu ce jour où. Ce jour.

La petite fille au déluge a dit Ô tu sais c'est si bouleversant que j'ai toujours envie de te sauver.

— Vas-y sauve-moi, a-t-il répondu.

C'est un jour infiniment gris.

Des petits nuages de buée s'échappent de sa bouche et ricochent sur le verre. Ils disparaissent. Le front appuyé contre la fenêtre, les mains entortillées dans le dos, elle sifflote une triste mélodie, ses souvenirs s'y querellent en silence.

Elle est en quête de guérison. Elle a quatre ans. Sept, neuf, seize, vingt-huit ans, le passé *empreintes génétiques* ne décline *traumas concrets* ne périt jamais. Le mal est une errance sans fin, il ne faut pas seulement *faire avec*, il faut en prendre soin. Elle souffre de ce qu'elle n'a pas, son avenir est ici, dans ce qu'elle ignore, dans l'indétermination d'une langue songée qui aurait la féerie insoumise de l'enfance. Celle où tout s'allie, se retrouve, vit par l'absurdité qui mène aux merveilles de la spontanéité.

Le ressort de la boîte à musique émet de petits clapotis. C'est une journée d'averse de février, le douze. La pluie torrentielle durera sept jours.

Quelque chose s'est rompu *ses artères* sous l'ordre mystérieux du ciel. Elle dit Chut, je sais, dans le brouillard, entre la lune et moi, mon ange a une vue plus juste de l'effondrement. Elle avance en plein air, entre les gouttes, remonte le passé. Où ? Elle ne sait pas. Elle entend ses pleurs à travers la porte. Pourquoi ? Elle ne sait pas. Elle marche sur un fil le long du rivage, à l'avenant de l'océan et d'une terre.

Elle se souvient de leur ressemblance. Ils souffrent d'un même renoncement au présent, qui l'a toujours inquiétée. Elle rêvait de dormir entre ses mains, court après le vent. Tu ne lui diras jamais d'aller se coucher tôt mais lui serviras toujours des chantages au suicide. Elle obéit parce qu'on ne peut rien faire sans Dieu le Père. Parce que même s'il a tout détruit on n'aspire qu'à le sauver.

Après tant de détours et moyens distanciés, quand plus rien ne compte que la survie elle-même, il ne reste qu'à implorer, perdre toute dignité dans l'exhibition de son plus profond désarroi. C'est parce que tu l'aimes plus ? Pourquoi tu réponds pas ?

Pour vivre son plaisir, elle avait besoin du sien, cherchait son approbation, mais tu ne disais rien. Dis, pour la table basse, tu préfères les anémones en variations de couleurs ou les tulipes sobres ? Elle patientait en silence, guettant le pire, l'héritage dépressif, la détresse muette.

Elle est fatiguée, elle est si fatiguée. Elle dit Je dois forcément être fatiguée de quelque chose. Quelque chose qui est toujours en moi, un trépas qui m'appartient.

Elle lui demande de l'aimer comme elle est, elle qui n'est pas beaucoup. Elle est une petite fille. Il n'a pas la réponse. Il ne dit rien. Il ne sait pas faire autrement. Être aimée ou n'être rien, c'est sa question. Toutes ses paroles, postures et moues chagrines échouent à t'attendrir. Ne vois-tu pas que son petit monde tremble, qu'elle est fatiguée ? Prête à s'écrouler sous tes yeux blêmes impossibles à fixer, elle se débat seule dans ses sensations ses gestes. Ne voit-il pas qu'en s'effondrant son origine la démolit ? Elle essaie de contrôler des mouvements qui pourraient revenir à toi, délivrer ce cri encagé pulmonaire. La liras-tu seulement ? Y a-t-il une chance qu'il l'entende, que les mots écrits les préfèrent aussi ? Tu n'irais quand même pas détruire ses rêves de papier, dis, tu n'irais pas ?

Elle se demandait ce qu'elle ne savait pas dire *enrouement de la glotte* pour briser son silence. Déficience d'intonation *ligaments anémiés* de syllabes. Elle n'a toujours pas trouvé le langage *larynx érodé* de la première enfance parce qu'elle a oublié comment c'était quand tu parlais. Elle a oublié, ce qui se disait et sur quel ton quand c'était bien. Peut-être ne l'aurait-il guéri de rien, ce langage, que c'était tout simplement impossible qu'il l'entende.

Tu resteras cet homme dont elle a échoué à attirer l'attention. L'homme assis sans paupières au regard figé et effrayant dont la tête virevoltait. Droite-gauche. Tic-toc. Toc. Tic-toc. Elle tournait, bobine mécanique de la boîte à musique immobilisée sur les notes introductives de la *Lettre à Élise,* depuis qu'il l'avait fracassée.

Ta tête continuait à tourner, elle n'arrêtait pas, et elle craignait que tu la perdes, la tête. Elle se demande encore ce que le monde s'y disputait, s'il était peuplé, et si oui, de qui. Elle se demande si ses larmes, quand elle secouait ton visage, ne faisaient que s'y échouer comme glisse un filet de pluie sur un rideau de verre.

S'y réfléchit une silhouette trouble. C'est un homme, écarté, enfermé, rentré en lui pour toujours. Il ne change pas, elle le perçoit de la même manière, elle ne le comprend pas. Elle se demande ce qu'il fait de sa vie, des autres. Ce que tu fais d'elle et si, à défaut d'un souvenir, elle demeure un malentendu, une mélancolie nébuleuse.

Il sera toujours celui qui la fait attendre et n'entend pas. Forte de souvenirs cruels elle n'a rien résolu, mais composé au mieux. Forte, elle cherche encore ce qu'elle pourrait lui dire.

Mais d'aguerrir son corps, elle a trouvé, ce n'est pas une amulette, ni un semblant de réponse : une petite fille *chair méphitique* est *langue ecchymosée* ce qui jamais ne meurt.

9354

Composition
NORD COMPO

Achevé d'imprimer en Espagne
par ROSES
le 16 août 2010. EAN 9782290014141

Dépôt légal août 2010.

ÉDITIONS J'AI LU
87, quai Panhard-et-Levassor, 75013 Paris

Diffusion France et étranger : Flammarion